천년의
시 0140

야간
비행

천년의시 0140

야간 비행

1판 1쇄 펴낸날 2022년 10월 11일
지은이 강호남
펴낸이 이재무
기획위원 김춘식, 유성호, 이형권, 임지연, 홍용희
책임편집 박찬세
편집디자인 민성돈
펴낸곳 (주)천년의시작
등록번호 제301-2012-033호
등록일자 2006년 1월 10일
주소 (03132) 서울시 종로구 삼일대로32길 36 운현신화타워 502호
전화 02-723-8668
팩스 02-723-8630
블로그 blog.naver.com/poemsijak
이메일 poemsijak@hanmail.net

강호남 ⓒ, 2022, printed in Seoul, Korea

ISBN 978-89-6021-669-3
      978-89-6021-105-6 04810(세트)

값 10,000원

야
간
비
행

강 호 남   시 집

천년의
시작

숱한 나들목처럼 무심하나
낯설어 두려운,

지루한 일상의 평범에서도
늘 돌출하는 비범과 같은,

흐름 속에 살되
역동으로 얼어붙은,

그 실존.
떨리는 그 걸음.

―세상의 모든, 처음을 향한 용기에 경외를 보내며

2022년 10월
강호남

차 례

시인의 말

제1부 그리운 가을에게 가지 않기로 했다

나는 누군가가 가지고 싶어 안달 난 사람이었고

나는 누군가가 가지고 싶어 안달 난 사람이었고
너 역시 누군가가 가지고 싶어 목숨까지 맹세한 사람이었다.

지금

나는 너 아니면 사랑받지 못할 사람이고
너 역시 내가 힘을 내어 사랑해야 할 사람이다.

흰 구름 가장자리에서

물안개 바람
그림처럼 오르다
굳은 나무 감싸 안을 때

그대 만나려고 높은 산 올라요.
외로운 바위가 태양을 견디듯
떠나서 비운 자리는
박자가 다른 숨결로 익숙한 흔적 지워요.
파란 웃음으로 음각한 책상, 너무 달아 지루한 반복, 취중
에 나온 눈물의 구토
온몸으로 간직한
기다림보다 어려운 결심을 했어요.

백발의 나무 팔에
잎사귀로 열린 편지
이 길을 가면 반드시 만나게 될
남해의 태풍 같은 필연을 전해요.

습기 서린 바닥
성큼한 신발

부드럽게 밀어내며 속삭여요.
기다렸어요.
기억 속 얼굴 지키려 마른 세월 등으로 막아
소중히 남은 이슬 아기처럼 안고 있었어요.

하늘을 당겨 발등 덮을 때

골짜기로 흐르는 이름 방울들
순간의 동결을 맞는 경계
인사할 순간이 찾아와요.
등지느러미 솟게 하는
창 없는 방에서 웅크리던 체취 같은 음성

여전히 하얗게 굳은 사람과 첫 만남에 헐떡여 붉었던 사람이
부스스 헤쳐
영겁의 눈동자로 만난 순간

장충단공원

극장
가는 나지막 언덕길
노란 파스텔 안개꽃 폈다.

가면
반갑게 건네는 꽃다발
배우에 설레는 카메라

한때
뭇 남자 불끈 들던
주먹의 아레나
커 버린 이웃 아래 겸손해.

요즘
운동 배 안 고프지.
던진 공 받는 소리
난공불락 자랑하던 요새로는
전기 계단 놓였지.

건너

광희문 뵈는 집에
꿈 많은 소녀 살았어.
공연 몰라도 공부 열심인

산들
실려 온 꽃 내음
손잡고 걸었던 언덕길

어제
그 꽃 보곤,
참 오랜만이야!

언제?
놀란 눈에 놀란 나는
활짝 웃어 버렸다.

네 주머니 속 내 스물한 살

핀셋으로 집은 루버 베스우드
수직 촘촘한 벽체 사이로 만지고픈 고운 눈썹
동그란 스탠드는 잠자리 눈이 되어
어두운 나를 너에게 데려갔다.

나뭇잎 물결 컨셉이 있어.
햇살 따라 흐르는 나무 혈관이 트레이싱지로 스며든다.

실거리꽃 숨은 가시로 손 붓더니
엉겅퀴 즙으로 달래었다.
엉킨 매듭 풀지 못해
변명은 칼이 되고

이방의 거인들은 작은 아이를 달래고
흐르는 눈물 따라 창을 덮는 추억의 벽돌
위로 곧게 뻗은 삶의 상자들과 이역 바람을 막아 따뜻해
진 온기가
　실려 들어 두드리던 음성에게 하염없는 대기표만 쥐어 주고
　기다리던 것은 나였다 믿었다.

\>

아이는 어두운 꿈에서 깨어
날갯짓 펄럭 올라
구름 아래 한참을 서성이다
갇혀 있는 아름다움 찾아 움켜 남자가 된다.

아스팔트 섬 위 유리 벽 소파에
파란 실크 타이는 바닥만 바라보며 말이 없다.
하얀 가슴 붉은 보석은 접힌 메모지를 건넨다.
여태 가지고 있던 거야. 가면 펼쳐 봐.

잉크 번진 메모지가
파르르 손을 붙든다.
아버지,
찾아가면 잘해 주세요.
전 묶였지만 꼭 그러고 싶어요.

희미한 어느 날
걸려 온 아버지의 전화 한 통
그 아이는 그만 엉엉 울어 버렸지. 하지만 밥은 잘 먹여

보냈단다.

  네 주머니 속 내 스물한 살

선샤인 드라이빙

너는 빛나는 열쇠
파란 문을 열고 들어설 때 시선들은 너를 향했고
나는 애써 붙들어 보던 곳 놓지 않았다.
거리는 가늠하기 어려웠지만
실내는 곧 이항연산의 담배 연기로 찼다.

함께 만나면 둥실 뜨는 벌룬이 될까.
멀리까지 보이는 눈을 찾았어.
너도 살 수 있어.
아프지 않게 갈아 낄 수 있지.
나무 관에 묻힌 사람 표정도 보이거든

거울처럼 간직된 긴 겨울의 흔적
그 혈관 속을 걸어가는 물도 보이지.
나는 봤어.
아홉 층 전광판에 갇혔던
쭉 찢어진 등가죽과 짧은 발톱도

어느덧
너는 나의 지붕

뾰족한 피뢰침을 가진
허파는 더 많은 꽈리를 원했어.
벽에 매달린 유리는 곡예가 즐겁고
흐물어 가는 촛불은 그저 졸려.

밖으로 나가고 싶다.
페달을 힘껏 밟으면 머리칼 잡아 올리는 그 바람을 잡으러
눈은 멀리까지 잘 보여.

다리에 길게 흐르는 좁다란 문신
발등에서 끝나는 작은 서사
도로에서 끝난다면 제임스가 된다 했지.
축 처진 목도 멋질 거라고

회색 벽을 뚫고 나온 검은 비룡 비늘처럼
수리공의 흑점이 툭 떨어졌다.
조수석 윈도우가 내려가고
미세한 소리 움키려 고개를 돌린다.

거칠게 맞댄 꼬리와 비비다 만 깃털

지도처럼 흩어진 혈관
복잡한 것이 오히려 순수하다.
그를 밟고 다가오는 냄새
담배처럼 일그러진 표정

뼈와 뼈
태양 아래 누운 열쇠
거기서 만난 우리

연희동의 너야,

은행잎 하나 직사각 돌 하나 밟고 들어선 지하도
펄럭이던 면 코트 아래서
수줍은 떨림을 보내오던 너야, 타인의 너야.
목각 인형들의 직립보행 사이에서 창백한 파수의 등불 아
래에서
잡은 손의 숯불을 피워 올리던 너야, 머나먼 너야.

바람이 불지 않아도 파르르 떨리는 웃음이 피던 여인
가로등 가장 밝은 바닥을 딛을 때마다
시계의 초침으로 땅에 묻힌 징을 울려 대던 너야,
먼저 새겨 둔 이름 잊게 하고
하루하루 빠짐없이 적어 오던 이야기의 끝을 비틀던 너야,
밤이 지나도록 아침을 서서 맞도록
견고했던 사랑의 기둥 깊은 중심부터 갈라짐이 자라도록
완벽한 포장 속 초콜릿에 쓰디쓴 벌레 스며들고, 11월 바
람보다 먼저 주저앉게 한, 강 둔덕에서 마음껏 자라던 풀들
쓰러뜨린 포옹도, 이마를 뚫고 등뼈 길게 이식했던 약속들도
하루 가기 전 싸늘하게 실려 온 냉동차의 지나 버린 사연으
로 만든 너야,

>

　다가오는 겨울에는 헤어질 사람과 못 느낄 만남이 교대할
거란 소문을 들었다.

　수천 방울 입 맞추는 붉은 점 토해 대는 먼나무 아래 조용
히 기숙하던 잡풀은 나무를 감싸 올라 해 들지 않는 북쪽을
향해 검은 열매를 건넨다. 열매들은 한 방울 한 방울 붉은 외
투를 걸친 검은 꽃으로 핀다.
　다가온 겨울 유난히 하얗게 빛나던 검은 꽃은
　나무뿌리에 깊이 박을 뱀 같은 창을 벼렸다.

　자기 자리를 사랑 밑의 사랑으로 정하지 않았다면
　무수한 사랑들의 사랑과 촉망을 받았을 사랑이여,
　화려하지 않은 지난 사랑에 옷자락 걸려 잠시 멈춘 사이
　손바닥에 숯을 올릴 제단의 저울이 채워지고 말았다.

　연희동에서 마주하게 된 채

　검은 꽃 여인
　붉은 장미를 감싼 현란한 음악으로 장식한 빛나는 비로
드처럼

붉은 외투 속에서
빛나는 입술의 검은 꽃, 너야,
손을 얼리던 추위 소식 찾아들던 겨울 밤
결심의 창을 눈앞에서 스스로에게 찌르고 만
연희동의 너야,

나의 너였기를 간절히 원했던 너야,
눈물로 다시 부르는 너야,

가을 뱀

아침 차가운 바람 문득 그대 데려왔다.
덮어도 감싸도 아랫배 심연서 쳐 오르는 한기처럼
갑작스레 막지 못한 추억 여신
내 몸 뚫고 지나간다.

풀섶서 눈 마주쳐
들었던 발 얼게 한 미끈한 그 가을 뱀처럼
날카로운 시절
수어장대 처마 되어 홀연히 드러난다.
새벽 두어 시간의 고독
상념 바다로 데려가 지치게 하더니
지하철 백열여덟 계단 가벼운 한숨으로 영혼 쉬게 한다.

내가 너이려니
네가 나이려니
구분하기 싫었던 날들
빠알간 화살나무 도시에 스며 가듯
내 안으로 한 점 되어 마음 물들인다.

식탁

혼자일 때
담긴 음식보다 허전한 식탁을 보는 건
같이 있던 이의 중력이 사라져서일까.

거친 진동보다
따지는 목소리가 안도되는 건
불안보다 불편이 가벼워서일까.

넷 프로핏 애프터 텍스—우린 노팟이라 부른다.
계획은 완벽하나 현실은 흔들린다.

현실 불완전성은
유혹 취약성을 넘는 현실 역학 제2법칙
흐트러짐 막는 힘은
매달린 곡예사처럼 차가운 돌바닥으로 떨어진다.

일의 성사는 끝난 후에야 왔고
사랑의 갈구는 닫고 나서 도착했다.

왜 그때 헛웃음 짓는 아버지가 떠올랐나.

교통사고처럼 닥친 이별은
그저 밀어낼 뿐
주저하는 빈 객석 배우보다
빠져드는 강바닥 자갈 아가리처럼

너의 적은 내가 아니었는데

하얀 벌이
세종로 주차장 지하로 날아들더니 철망 동굴을 찾았다.
어딘가 연결된 굴뚝
빨갛고 눈부신 신호
짙어진 어둠이 결국 더 친절해질 걸 알았다.

야윈 팔에 하늘거리는 블라우스
달처럼 떠 있는 오월의 종이 등
풍만한 머리칼을 꼭 쥔 함박웃음
동그란 공은 타원 되기 마다하지 않아 마침내 닿고 말았다.

늦는다던 아내가
개복숭아꽃 연분홍

장미를 능가하는 우아함으로
혼자이던 식탁으로 날아와 앉았다.

비와 나

비가 온다.
비 오는 날은 원래 좋아하는 날
현기증 나는 세상으로 가벼운 커튼 내려 주는 날
혼자여도 즐거운 나의 고독 찾아 주는 날

설레는 비 내음
비릿한 어금니가 먼저 맡고
마주한 원고지 슬며시 어깨 움친다.
아침부터 널어 둔 빨래는 한참 웃다 이내 울고 있다.

졸음이 쏟아진다. 이 무게 앗아 가라 빗줄기 기둥에 장기
판 이고 걷는 카리에스 처녀들 새긴다.
눈 없는 코만 무표정이라 여겼는데 코 없는 눈도 도통 모
르겠다.
넓은 마당 좋지만 떠날 시한 몰라 불안한 이 집을 닮아

아무도 몰래 파먹힌 검은 과일의 달콤한 심지
나만의 막다른 우주는 광장의 검사劍士가 되고
수척한 산성 발치서 부들부들 솟아난 현수막 붉은 목청으
로 외치는 공장 담벼락 따라

>
우산 들고 마중 나가
버스 지나길 몇 번
가로등은 하나뿐이라
어깨 젖는 줄 모른다.

아내가 내린다.
일이 늦어 나도 늦었는데 당신도 늦었네.

저녁으로 차린 다정한 수수함이 식고 있다.
식은 것은 식어지게 두고
검은 것은 검어지게 두고

비는 그치고 늦은 밤 풀벌레 소리
발자국 지도를 읽고 전하는 대지의 후기
　오늘은 고독이 먼저 도착했지만 잔고의 변곡을 디자인하
는 건축가가 인색한 포용을 동행하고 산 너머서 왔어요. 공
장 길 한참 북적대다 깔깔 웃더라구요.

　보이지 않는 이들이 보이는 이들을 다스리는 세계
　보이는 것은 보이지 않는 자의 왼발 뒤축일 뿐

>
하늘이 새끼발가락 디딘 마당으로 난 카페를 닫는다.
밝아지면 고지서와 함께 다시 찾아올 고단한 심부름
나의 전용 사서함은 아직 마련하지 못했다.
황무지로 가득 찬 이 별에서 안식할 한 칸 찾는
세 겹 우표 경건의 풀로 붙인 요청서에
회신은 없다.

마른 꽃잎을 찻잔에 내린다.

비의 손을 꼭 잡은
꽃잎은 떠나고
새벽엔 함께 누울 것이다.

상처

까만 접시 다소곳 앉은 사과
붉은 빛처럼,
남녘 멀리서 홀연히 솟은 구름
고독한 탐험가가 오래 고대하던
슬며시 다가온 그는,

어지러이 들려오는 높은 소식을 덮고
알알이 이어 온 땀방울 덮고
지우고픈 몸부림 아픈 흔적마저 덮고

포스트모던 짧은 상처로 굳어 간다.

지난 자리는,
나를 훑고 간 치명적 그녀처럼
철렁한 추억 두고 갔다.

할퀸 손톱, 내동댕이친 거울, 담을 수 없는 조각
돌이킬 수 없는 것들로
무심히 두고 갔다.

너의 새벽

차갑게 잠이 드는 너의 새벽
어떻게 누울 수 있을까
더 깊은 곳으로 가고 싶었다.
바람도, 추위도, 낯선 소리도 오지 못하게

한낮은 무료하기 짝이 없는 전쟁터 같았다.
구름 없는 하늘 아래 선명하게 다가오던 햇살은 두터운 고
기 얼리는 붉은 냉기
막 태어나 버얼건 아이처럼
길었던 어둠 속을 으아앙 떨치며 부르던 이름을
다시 찾아오는 어둠을 맞으며 이제는 속삭인다.

여름엔 지글거리는 더위 속을 걸었다 .
팽개치고 싶은 무기력한 순간이 어쩌면 절정기였다.
벽에 매달려 바람에 힘없이 흔들거린 손은 응원하던 몸짓
현란한 초록은, 그토록 숨을 조르던 초록의 난입은 축복
을 담은 열광

많은 이들이 침상을 가지고 걷는다.
웅크리고 들어갈 조그만 항아리를 향해

항아리 속은 바람 소리도 없어 고요하다.

단단히 막힌 공간을 뚫고 항아리는 바깥으로 숨을 쉰다.

불편한 어두움에 눈이 떠질 무렵

고요한 대기 속을 떠다니는 하얀 먼지가 내려 본다.

여기에 들어오려 작아진 저 손님은, 밖에서 물어물어 찾아온 반가운 너인가, 이제는 바스러져 슬그머니 떠오르는 내 오른 새끼발가락 잔해인가

비 세차던 늦오후

후드득 들이치며 날아든 제비가 유리창 위로 발을 터엉 내렸다.

유리에 남은 선명한 발톱 자국. 그 충격으로 나는 발바닥으로 하늘을 이고 말았다.

어디로 달아나려 서두르던 그에게서

너의 눈동자를 본 거 같았다.

너의 눈길은,

졸던 집 안에 있던 나를 부드럽게 부르던 노크

격려의 등 두드림 같기도 하고 칭얼대는 몸부림 같기도 한 먼 미래로 통하는 복도, 어쩌면 내 삶의 모든 환경을 바

꿔 줄 키다리

　마음만으로도 통하리란 기대를 주었지만 그 뒤로 아무 교
신도 없었다.

　같은 시간 같은 공간

　우연히 마주하게 된 숨 쉬던 존재, 눈동자를 굴리다 맞닥
뜨린 시선들 중 하나일 뿐

　지갑을 열어 본다.

　반가운 이름 아직 남았을까 싶어

　그래도 체온을 안고 싶다.

　미련한 말은 그윽한 침묵보다 못하다 믿고 싶다.

　더운 날에 고목처럼 쪼그려 앉아 있던 너의 등이

　불평하던 땀범벅, 고요한 항아리 속에 누운 겨울 새벽의
나를 위로하고 있다.

진흙 봉투

시간의 기록들을 훑어보며
기억나지 않는 공식들의 문제지로 걸어 들어간다.

어떤 사연을 감추려
이렇게 무수한 기록을 남겨 둔 걸까.

증명의 노다지를 수집한 사람은
벤담의 스피커로 버려진 시간을 묻으려 하고

화려한 종이배 가득히 뜬 미항에 도착한 탐험가는 항해 가
능한 진짜 배 찾기를 시작한다.
그 곁
탐험가를 주인공으로 삼고픈 소설가
그 건너편
어느 쪽이든 더 재미있는 이야기 기다리는 구경꾼

두터운 진흙으로 덮어도
보랏빛 편지는 썩지 않는다.

울타리 울타리마다 갇힌 먼 곳을 향한 고대의 이끌림들

그 기원 모를 응시의 표식에서
혼돈의 색깔들은 섞이고 뒤집혀 우주의 파편들을 반사할 뿐
현란한 진흙의 부상 속에서
편지는 스스로 떠올랐다.
편지 발신일을 알 수 없는 시간으로 회귀시키려는 건 기억
가두고픈 사람의 본능
두 번 접고 꼭꼭 싸고 세월의 얼룩 묻히고 밀봉의 진흙으
로 여러 번 가라앉힌

구경꾼들은 그저 바라만 볼 뿐
그 편지 집어 올리진 못하고
울타리 밖 언덕에서 경탄을 외치는 묵언만 연발하지만

감히 펼치지 못할 봉투 속 시간을 기대하며
탐험가는 원치 않는 개봉을 시작한다.

기다리고 있던 건
모든 것을 들여다볼 수 있을 것만 같은 그때
아직 맺히지 않았던 마음의 씨앗 막 엉기기 시작하던 그때
시간 1993년 6월

장마

그대 앉았던 자리
꽃잎 하나 남겼을까 무릎 경건히 꿇고 바닥을 살펴본다.
그대 잡았던 문틀
보석 가루 묻었을까 손 비비고 벽을 쓸어 올려 본다.

돌아서며 남긴 표정
내려 보다 흘린 눈빛

끝이 없는 아스팔트 융단 위에
붉은 마음 흘러 굵은 빗자국으로 남는다.
피로한 디딤으로 우연히 짓이겨진 벌레의 체액으로 불러
본다.
그대에게 가는 길
모든 문은 닫히고 있었다.

눈을 감으면
살랑이며 간질이는 마른 갈대 하나로 다가오는
인연의 기대 한 올
죽지 않고 살아질 더운 심장
이성의 머리칼로 차갑게 엮은 펄떡이는 편지 한 권

그대 이름 하나 내 이름 하나 정성껏 교대로 써
아프지만 기쁜 그곳으로 가기로 한다.
지나야 할 통로 안에 박힌 바늘들과 간혹 실수로 꽂혀 있
는 날 선 창을 지나
기어코 가기로 한다.

비가 내렸다.

그대 앉을 자리 데워지라고
해가 내린다.
모진 바람 떠난 자리 해가 내린다.
그대 딛을 바닥 푹신하라고
흙이 솟는다.
사정없이 두드려 상처 많은 얼굴 위로 흙이 솟는다.

아픈 비 머금은 뒤
아직도 부족한 갈증 채우려
그대 오시는 길 파인 구덩 채우려
통로 지나도록 참았던 붉은 눈물 조금씩 흘려보낸다.

제2부 피하고픈 여름에서 살기로 했다

간격재의 헌신

앙상한 뼈마디에 옷을 입힌다.
얇으면 허약해져
감기에 걸리거나 혼자 서 있지 못해 주저앉는다.

옷은 무거워
여간한 뚝심으로는 제대로 입기 힘들다.
한참의 독서와 토론 덕에
이제 좋아 보인다.

그래도 사랑한다 하진 않는다.

안경을 써 볼까.
모자를 새로 살까.
갈비뼈 아래 채워지지 않는 폐 안으로 기침이 들어왔다.
간혹 예고 없이 들이치는 바람에
멀리 밀려나기도 했다.

꿀꺽거리는 식도에 타종 같은 진동이 들리더니 꽈리 부풀다.
끈적한 혈관에 실려 왔던
크고 작은 혈구들이 무슨 일을 한 것인지

기둥 뼈에 붙은 검붉은 힘줄에 걸려
여간한 망치질에도 빠지질 않는다.

그래도 사랑한다 하지 않는다.

일당으로 산 담뱃불은 이른 봄 강바람에도 꺼지지 않지만
한 남자가 공들인 연정의 불씨는
불안한 추억 그림자에게 삼켜지고 만다.

잠 깨울까 두려워
두툼하게 깔린 층간 소음 방지 놀이터에서 엉금엉금 기어도
금세 거슬려 울고 마는 아기처럼
단단히 틀어 묶어 여름밤 파도에도 견디고픈 마음일랑 아랑곳
툭 밟혀 버린 불사슴 밤새 살린 심장 속 촛불

그래서 사랑한다 하지 못한다.

솜이 꽉 찬 옷으로 부족해 얇은 겉옷 걸친다.
게으른 박음질로 존중의 휘장을 폈다.
기둥 뼈는 땀을 흘린다.

머리까지 잘 덮으면 눈이 밝아져 인상이 또렷하다.

굳어지려면 간격이 필요하다.
너무 가까우면 굳기 전에 이탈하지.
잠시 떨어지자.
안아도 닿을 수 없는 가슴 풍선을 마주 안고
공유의 혈관 채울 시간을 나른다.

그래서 사랑한다 생각기로 한다.

간격을 채워 주는 조그만 고리는 기다란 기둥 속에서 부풀
어 가는 지방질과 풀어져 가는 힘줄 사이에 묻혀 부식되지도
못하고 막혀 버린 호흡을 멈춘 채 살아 있다.

행방불명

붉은 벽 붉은 창 붉은 등 붉은 길
부모는 거기서 사라졌다.

좁은 골목 낯선 음식에 등은 어둡고
살인자 닮은 까만 망토 흰 가면
기묘 세상의 문을 연다.

피리 소리 반죽 소리 튀김 소리
헤쳐헤쳐 걷는 무표정 무표정
긴 머리 노인은 색색의 악기 들려주고
엄한 장수는 속세 오는 통로 한칼로 절단했다.

악취인지 향기인지 숨 막는 냄새 냄새
좌승은 흐느적 웃고
거리 식당 설거지통
구겨 담긴 사발들이 유쾌하게 목욕한다.

높은 모자 재판관은 3단대를 내려 보고
유리 벽 배심원들 판결문 날라 댄다.
딛고 선 피고석은 흰 돌인지 흑 돌인지

\>

돌아가기 싫다 했지 오늘만 살자 했지.
백삼십억인지 삼십팔억인지
긴 시간 흐르면 없던 생명 생긴다지.
족보 올라 송악 주은 터키 에덴
그 위에 무슨 생물 그 위에 먼지인가.
영혼은 어디 왔나 영원은 어디 갔나.

불같은 팔뚝 도장 불멸 증거 잡으려고
설익은 병사 호기롭게 덤비지만
겨우 두 합 만에 처량히 돌아서네.
천막 사이 흐릿한 표정 아래
머리 가죽 잡아끄는 젖은 셔츠
화나는지 애절한지.

날카로운 진동 소리 두터운 벽을 뚫고
은사슬 채찍 되어 차갑게 감아 챈다.
신호 받은 안드로이드 먼 섬 잠시 보다
비단뱀 등허리 푸른 산길을
새하얀 버스로 조바심쳐 내려갔다.

지식인들에게 고함*

너희들은 침묵할 것
너희들은 침묵할 것

알량한 지식으로 선량한 이들 혼란스레 말 것
아리송 주장으로 치밀한 세상 흔들대지 말 것

해 보지 않은 지식 진리인 양 떠들지 말 것
농익지 않은 계획 미래인 양 선동치 말 것

서울 부산 한반도인
빌립 월남 아시아인
호주 남미 태평양인
대륙과 섬 지구 사람
고달픈 그들 삶에 도전하지 말 것

정해진 틀 숙명으로 사는 그들
생계로 직업을 사는 그들
그들 진심 믿을 것
그들 성실 기댈 것

>
한 목숨 무게도 감당할 수 없거든
지식인들은 침묵할 것

* 오마주. 고은, 「포고」에 대하여.

프라하의 우체통

종일 걸어 뻐근하다.
정겹게 아련한 말소리
절인 고기 굽나 보다.

차가운 트럼펫 선율 붙들고
금빛 슬픔은 손 흔든다.
신기한 미소 덥석 안기는

허기진 여행자는 구운 양식 기다리며
탁자에 기댄다.
광장 구석 검은 통

생각들 출렁이고
언어로 충만할 때
늘어진 손가락 시간 줄 옮기고
돌아선 성의聖衣 나무 새 날릴 때

시간이 왔다.
뜻을 정할 때
인장 쳐 우체부 달릴 때

>
말수 적은 소년
받아 든 편지로도 갈 수 없었다.
네 인생 살아라.
홀연한 나그네
길 주고 떠났다.

플라스틱 나이프로 써
두툼한 종이로 싸
거칠어도 간직될
고이 접어 슬며시 누인 봉투
오늘의 수신인에 잘 닿기를

하늘하늘 피는 내음
어둠 들기 전
표시 없는 우체통을 감싼다.

작업

빠루가 필요하다.
아래층에도 일이 있다.
굳기에
도시는 너무 흔들리고
관은 꺾여야 해
공무는 기성을 변경했다.
진열된 시계 아득하고 구두 소리 화사하다.

그리하여
당신의 아내가 궁금하다.
듬성한 철관으로 엮인 베개
혹시나 기억할지.
서신은 태웠나.
시끄런 목소리 이제는 없는가.
묻는 게 불편한가.

조금 더 빨리 뛰어야 했다.
높이 세워야 해서
가벼워도 종종 떨어진다.
추락하는 것은 바닥을 만난다.

\>

철골 액자 앉은 하늘은 햇살

망치는 없어도 **빠루**는 필요하다.

검은 비행

당신은 웃었고 아내는 입을 벌렸고 누군가 울었는데

당신은 요긴하지만 흔한 물건

사각 삼각 직선

면 선 면 줄

시아게 마게 마게 깔짝

발 발 발, 발!

빠알간 베개

장갑은 부족하니 뒷주머니 꽂고

턱 끈 묶은 채 잠들었다.

안내자의 해갈

눈만 빼꼼 내밀어
버스 속 시선 뿌옇게 응시했다.
여름이면
트레이싱지 미끄러지던 강물 속 파란 눈금이 되고
도망가는 열기 차갑게 가두는 감옥이 되던
연정의 봄 밤길의 안내자는
몇 년째 터지지 못한 갈증으로 수척했다.

보색대비 시간을 열고 나와
주상절리 큰북을 나한 팔뚝 두드리는 천둥이 되어
전율의 갈채 구토한 위장처럼 게걸스레 먹고팠지만
통계청도 모르는 빈 수입 선생으로 성마르게 야위었다.

지난 일 년의 거절 얼기설기 쌓이더니
나무뿌리 진흙으로 뒤엉킨 장마 하구처럼
이질 사연들로 막혀 버린
칼칼한 목구멍
작정한 배설물로 더럽힌 삼십 년 된 양장 책

할머니의 영어 책처럼 난해한 원고는

연병장에 갇힌 유격대의 구보,
사납고 이유 있는 외면들 한없이 흘려 내서야
감긴 태엽 돌아가는 주문으로 승급됐다.
삶을 때울 장작고長斫庫로 비로소 시작된 주유注油

벌써 삼 년인가 싶은데
운 좋아 긴 줄 앞
성난 문자 남겨진 전화기 엎어 두고
멀리 떠나 보상의 연회로 환복한다.

붉은 서해보다 가벼운 청초한 열대 해변
도마뱀 뛰어노는 하얀 열주 가로질러
아가미 인사하는 만찬장에 다다라
북적도 해류 길서 노숙하던 물컹한 새우를 씹는다.

남국의 밤 테라스 비추는 사자자리 청소원 뒷방 하늘 지도
에서 더 빛나는데
적도 어디에서 올려 본다면 찾을 수 있을 거 같았던
높은 성 지어진 하얀 항성을 찾아본다.
거절 없는 성 환대만 사는 성

\>
회신 못한 청구서 꼭꼭 말아 작은 공 만들어
신중하게 노려보곤 바다 건너 힘껏 쳐낸다.
섬에서 기다리는 고운 깃발
깃발 둘러싼 짧은 잔디 사이 성으로 가는 지도가 누워 있다.

첫 만남 생경했던 알파벳 커다란 주머니에
허기진 마음 채울까 쓸모없는 전리품 잔뜩 구겨 담는다.
두 번 보기 어려운 미소
열 개쯤 챙겨 보자.
유통기한 따윈 무시하고

올여름엔 장맛비 백야처럼 쏟아진다.
온통 수영장이 된 강변 아스팔트
장신의 지렁이가 접영으로 횡단한다.
자기 자리 뿌리같이 붙들던 중랑천 가로등은
기어이 머리를 물속에 처박고서
마음껏 해갈하고 있다는 소식이다.

그렇다면 곧 재회하리.
친절한 밤길 안내자를

B 목표

첫해에는
싱싱한 식목일을 맞아 거창하게 몸살 났다.
견딜 만했다.

둘째 해에는
하루 자고 하루 깨다 이틀 자고 이틀 깼다.
견딜 만했다.

민첩하지 못한 건 유년기의 난초 날씨 때문만 아니고
눈치 없다 소린 생각 책에 그려 둔 도표 없어선 아니고
그저 막내 같은 꾸지람이 그리 싫지 않아.

익숙한 책상은 탁상 달력에서 헤엄치던 비단잉어를 숨기고
곧은 네모가 하얀 바닥에서부터 미래형 철갑 인간의 손가
락처럼 부상한다.
첫째는 파랑, 상을 받고 둘째는 녹색, 칭찬을 받고 셋째는
빨강, 반성을 드린다.
숫자들 출렁이는 날카로운 네모는 부들부들 매달리던 모
래 위 철봉보다 높았다.

＞

내가 바라는 네모는

주인 잃은 깡통이 품은 성근 풀 불 속 보말, 태양으로 차올
리는 오줌보 축구장, 짠물 가득한 돌 위로 아장아장 걷는 전
복, 금장이 곱게 감싼 아홉 살 상장, 바람 없는 바다를 밟는
천상의 패러슈팅, 돌섬 기지에서 등 화살로 쏘아 이륙한 발
목, 얇은 실크 셔츠에 싸인 트램펄린 허리, 치덕대다 잘못 쏘
아 버린 엇사랑의 화살, 젖은 불꽃놀이보다 허망한 체면 값
청구서의 화형

지루한 기다림보다 두려운 건 알 길 없는 깊이를 가진 공
기와 그 무게
정해진 규모를 다급히 헤아리는 건
자신 없는 수영으로 허우적대다 움켜 보는 물의 허공처럼
간절한 조바심만으론 잡을 수 없었던 도착지 부표

누군가 견뎠을 보통의 일상이
가쁜 들숨으로도 정신을 잃게 되리라 느껴질 때
막다른 마당으로 난 좁은 통로를 절벽처럼 달리는 돼지의
처형장처럼
순순히 뛰면서도 몸부림 크게 부려 보았다.

>

내가 마주친 네모는

북적이는 의자에서 만난 배고픈 일당의 뚝배기, 영문 없이 끌려온 순번에 정수리에 털어 버린 농부의 눈물, 타들어 가지만 아직은 금지된 힘줄, 시간 맞춘 달음질로 지정석에 뛰어든 다리, 혼자 꺼낸 종이컵 사이에서도 무궁화꽃 놀이처럼 멈추기, 기다려도 마찬가지인 지하철 안으로 던지고 보는 스위치 내린 몸뚱이, 친한 사이여도 순수는 귀에다 대고 말하지 않기, 필요하지 않아도 망설임 없는 웃음으로 같이 지불하기, 켜켜이 쌓아 둔 사색의 조문들과 대조하지 못해도 듣는 것은 찬성하기, 모르는 방으로 들어갈수록 품에 안긴 강아지의 눈과 실만 뱉어 내는 거미의 혀로 다람쥐의 나뭇길 다리처럼 뛰어다니기

어느덧 언어는 숫자가 되고
부드럽게 흐르던 문장은 날카로운 표가 된다.
절제는 경화를 낳고
경화는 엄정을 낳고
정연한 질서는 그 안에 살아 있는 자들을 품은 공기의 밀도를 높여
공간을 다스리는 물질을 낳다.

\>

두려운 공기에서 숨을 쉬고
가벼운 반성을 빨리 하고
내가 아닌 계단식 이름으로 살다 보면
철갑 손가락으로 둘린 네모가 그리 무겁지만 않다.

집은 멀리 떨어진 게 낫고
가족에겐 숫자를 말하지 않는다.

테라스의 집시 여인

―안녕하세요, 또 만났네요.

―반가워요, 사람의 얼굴을 알게 된다는 건 기분 좋은 일
이에요.

―맞아요, 저도 그렇게 생각해요.

아름다웠을 깊은 주름의 얼굴에 눈은 먹이를 찾은 승냥이
눈빛 같기도 했으나 기운은 없어 보였다.

―반복되는 무표정은 이해해 주세요, 낯선 사람은 어색해
하는 성격인지라

―이해해요, 제게 친절하게 웃어 주는 사람은 별로 없는
걸요.

길모퉁이 카페 테라스에 머그 컵 하나. 여인은 모자 눌러
쓴 아이에게 과자 한 입 먹이고 있다.

―아들과 함께 계신가 봐요.

―아직 어린데 키가 크지 않아 걱정이에요, 제가 작기도
하지만 잘 먹이지 못해서

―잘 먹이려면

―여행자의 도움을 받아야 하죠, 지갑을 좀 써야 하거든요.

―네……

―너무 걱정하지 마세요, 우리는 우리끼리 잘 지내요, 살

고 사랑하고 배우고[*]

얼굴을 알아보자 경멸이 아니길 바라는 무심한 낯빛으로 외면했다.

사람과 사람을 구별하는 것은 무얼까. 빼앗길 지갑? 지켜낼 가족? 신념?

지킬 것 없는 삶보다는 더 절실해 저절로 가지게 되는 일상은 피할 수 없었다.

얼마의 소유, 누구와의 관계, 어딘가의 공간, 무언가의 희망

그녀도 우아하게 인사받는 평범한 부인이고 싶었을 텐데……

나는 웃음이야, 나는

울진 않아 그러나 고개를 들어야 하는걸.

그 외면이 혹여 위로가 된다면 가난해도 괜찮아.

광대 가면 주인은 순간적으로 맞닿아 버린 시선의 하프 현을 부드럽게, 마치 날카롭게 솟은 휘핑크림처럼, 두 번째 입맞춤의 더운 혀처럼 건드렸다.

>

충돌이 있었다.

빼앗긴 것보다 속았다는 자각에 눈물이 났다.

나이보다 한참 늙어 보이는 그는 웃으며 어쩔 수 없었다 했다. 나도 굳은 미소를 지으며 어쩔 수 없었다 했다.

그는 이게 삶이며 운명이라 했다. 나도, 세차게 뱉을 가래침의 과녁이 되어 가는 그 얼굴을 응시하며 이것이 삶이며 운명이라 똑같이 대꾸해 주었다.

상처는 나고 시간은 흐르고 욱신거리는 아픔이 가끔씩 닻의 밧줄에서 풀린 해안가 부표처럼 떠올랐다.

이런 경험도 누구나의 것인가. 그렇지 않기는 어려운가.

화면 속 보안관은, 동생을 위해 도망치다 황무지 돌산서 동료를 죽인 은행털이범에게 일격의 즉사를 선사하고서 안도감에 미소 짓다 멈추기 힘든 울음을 터뜨렸다.**

스산한 오열감이 추적거리는 안개비로 나를 감싼다.

그녀에게 짓고팠던 미소를

비 뿌리는 회색 하늘을 향해 후욱 불어 보낸다.

* Leo F. Buscaglia.
** David Mackenzie, 《Hell or High Water》.

처세

긴장하지 말란 말은 긴장하란 말이고
놀라지 말란 말은 놀라게 될 거란 말이다.
언제 밥 한번 먹잔 말은 잊진 말잔 말이고
소주 한잔하잔 말은 서운하긴 했다는 말이다.

이따 전화할게란 말에
기다리다 전화하니
진짜 기다렸냐 해 울컥했다.

쓸데없이 정직했다.
마음의 소리 들리는 대로 말해 버렸다.
소극적 거짓은 닮지 않으려 했다.

온통 회색이던 말의 색깔이 어슴푸레 보일 무렵
쿵 떨어진 말소리.
네 말은 반만!
비양도 물빛을 상상했는데 비 갠 하천 탁류 빛이 되어 있었다.

하고 싶다는 것은 하겠다는 것은 아니랬지
하고 싶단 말을 하겠단 뜻으로 들었나 보다.

\>

안이는, 자기는 뭘 해도 아니라며 웃었다.

4월에 부는 북동풍은 너무 추워 사기라며 또 웃었다.

그래도 미세먼진 없어지지 않았냐며.

대리자代理者

발등에서 하얀 싹이 난다.
졸린 지하철 등걸에서 한낮부터 솟은 땀 샘물 먹고

나는 의자다.
너의 저녁을 앉힌다.
셈을 잊은 웃음 셋 그때로 열리는 열쇠 하나 후룩 들이켜는

걸음 일천 보 달리기 십만 바퀴
여기에
기다림 반 덩어리 서러움 두 병 얹어
삶은 무명無名 솥으로 찐 양념 없는 떡

나는 너를 대신해
나는 너를 알았다.
너는 나를 모른다.
나는 너를 잊는다.
여느 때처럼 나는

돌아서는 너를 돌아서며

>
장맛비 두드리는 우편함을 연다.
구월의 마지막 바람에 찢어져 내린 아버지 소중한 비닐 지
붕처럼
속살 드러나 헝클어진 사연들 묘판이
살얼음 재촉에 흑악 낭떠러지로 미끄러지던 나를 굵은 몸으
로 받아 준 사스래나무
그 잔가지에 달린 수백 눈동자로 쳐다본다.

가로등 사라지면 다가오는 별

열에 아홉은
육백 번 내린 느티 이불 자락으로 덮어 주고픈 그 사람 얼룩
덜룩 주름 위로
남은 하나는
덜렁거리는 지정석 표찰에게 대피항 되어 줄 나의 매듭 위로

바지 주머니 깊숙이 지폐 두 장 구겨 넣고
가는 길 컴컴해 달의 등이 되어 버린 이 생을
입 속에 남은 밥알 하나처럼 혀를 굴려 잘근 씹어 본다.

>

새벽녘 회색 바다 희끗 가르는 귀향선

방향타 휘감은 열 가닥 덩쿨 사이로

파랗게 피어나는

정오를 쏙 빼닮은

꽃

제3부 얼어붙은 겨울은 언제나 환영이다

겨울 바다*

스산하게 뒤뚱대는 조각배들 사이로
삐꼼삐꼼 고개 드는 중얼거림 있어
겨울 바다는
우울하고도 유쾌한 상념 덩어리

붉은 머리카락도 드러내지 못하는
키 작은 섬들은
긴 세월 기다려 차곡차곡 쌓아 온 가족들의 무덤이고
그들을 품으려다 미끄러져 가라앉은 아빠의 뒤틀림

하늘과 부지런히 입 맞춰 경계의 돌담을 축조한 병사들의
화석 같은 아우성
순수한 육체들을 움켜 가며
불순한 사연들을 먹고
영원한 잠들을 엮어
한 꺼풀 한 꺼풀 숙명 같은 속이불을 지어 간다.

우루루 쾌활한 자리돔보다 유유히 점잖은 솔라니**나 가끔
만나며 보내는 계절에
육중한 몸뚱이로 바람에게 잠시 드러내는

성큼한 걸음걸이 밤마실 포효도 좋았다만
금세 차분해지는 그 앞에서
나는 고요한 눈물을 흘린다.

마음을 봉해 넣고 부치지 못한 편지 뭉치가 빼꼼 솟았다
이내 사라진다.

답장을 받지는 못하겠지만
바다는 다시 속이불 속에서 펄떡이는 생명을 출산할 것
이고
향하여 팔을 뻗어 거슬러 헤엄치다.
아직 오지 못한 방어 떼도
아련한 그곳의 이야기를 전할 거다.

바다는
마른 산일 수도 있었던 큰 돌을 품고
조금 더 큰 오름도 감싸고는
볕을 쬐러 잠시 돌아눕는다.
찬바람에 오던 사연 하나
하늘로 입맞춤 한 번에

지느러미 황급히 움츠린다.

* 오마주. 허연, 「봄 산」에 대하여.
** 솔라니 : 섶섬을 거니는 옥돔.

야간 비행

침침한 조명 누군가 뒤척인다.
창 저편 고오오 진동한다.
산 자들 북적대는 침묵이 죽은 자의 세계를 관통한다.

얼음 땅 호수 가장자리 어디일까.
불빛 오지 못한 대륙 한가운데
빛나던 별도 보이지 않는다.
겨울 고공 검은 천에
철갑 새 하얀 배로 배설한다.

자정이면 북녘 어디 희미해진 영혼 온다 믿었다.
발 없는 날개 몇 시간 닿을 경계면 여기 어디
차가운 하늘은
수많은 그리움 삼키고 원망도
바람 두려운 숲 구석에 형체 없이 뉘어
세마포 의관 단정한 초석草席 위 붉은 만찬 떠올린다.

남국 해 먹이면 족하랴.
잠든 뼈 어루만질 바위일까.

>
속히 떠난
아름다운 동생
대리석 깔고 자란 악어 뱃가죽처럼 곱디고운
너는
행복한 단두대에 선 거친 머리칼의 어린 왕비

밀려오는 후회보다 가벼운
손목 힘줄 퍼런 문신
흐려지는 목소리,
널 재운 건 너였단 걸

일만 일천 북극해에 어스름 불빛이 오른다.
누군가 이 도시와 조우한다.

축제

바다와 함께 오래도록 서 있는 사람은 큰 소리 내 할 말이 있다.

육중한 기차가 한바탕 지나간다. 나무로 어깨를 두른 레일 위로 둥실 내리는 어린 신발 거뭇해진 회색 병정들이 화석처럼 박혀 가는 바다를 숙여 본다. 가 버린 바다에서 취해 버린 병은 가라앉았고 곧 사라질 언약을 치매처럼 다시 새기곤 했다.

절실히 느끼지 못하나 절절히 필요한 것이 있다.
기쁨
전쟁의 시간이다.
그러니 케이크를 만들자.
케이크는 침울한 공간에 불을 질러 무덤에서 자던 객석을 깨우는 달콤한 제물

붉게 달아오른 칼을 만나면* 물의 벌판으로 깊숙이 움켜드는 손톱들
기투企投**를 위해 참호를 팠다.
고지로 반격하는 지느러미는 당겨진 활줄에 올라타 분노

하는 화살촉

　그러나

　지느러미는 달콤한 케이크로 씻은 후 레일 따라 숲으로 보
내기로 했다.

　슬픔은 독한 표백제로도 지워지지 않는 커피의 회한

　저녁은 흐려지는 수면 위로 짙은 어둠을 칠한다.

　병정들이 초를 켤 시간

　이 전장은 잔치터가 될 것이다.

　바람은 하늘의 염원을 파도의 불꽃으로 보낸다.

　깊은 숲까지 이어진 차가운 레일 긴 몸뚱이 위로

　한나절 꿈쩍없이 기다렸다.

　일제히 일어나는 파랗게 영롱한 눈동자들

　수평선 도열한 배들이 축하의 혀를 쏜다.

　소금 안개 흩뿌리는 파도, 바다의 우렁찬 속삭임이 온다.

　서 있던 사람은 큰 목소리 아닌 긴 머리칼로 맞이한다.

　통지를 받아 든 머리칼이 차례로 고개를 끄덕인다.

* 오래전 추운 북쪽 프리티오스에서 전해지는 싸움의 장면.

** 오늘을 극복하고 내일로 나를 던진다. 실존을 고민하던 이론가들의
  현학적 표현.

귀*

판교에서 청계 어디쯤이다.
버스가 휭휭 달린다.
콘크리트 중앙분리대 아래
고양이 한 마리 목을 웅크려 있다.

쫑긋 서 있는 귀

꽃잎 날리는 바람 소리 듣는다.
차선 바꾸는 바퀴 소리 듣는다.
어느새 서다 가는 엔진 소리 듣는다.

터널을 지나
비가 온다.
땅이 젖는 소리 들린다.

두 귀가 서서히 젖는다.

* 한강의 『날개』를 읽다가, 청계를 지나던 중.

구만리*

그리움은 꿈을 낳고 꿈을 꾸는 소년은 심한 몸살을 앓는다.

구만리로 가며 그를 떠올린다. 구만리에는 나의 그리움이 기다린다. 낮게 나는 비행기 단선 피아노 맞춰 춤춘다. 간절함은 얼굴을 바꿔 잊어지게 만들기도 하지만 나에게 그런 일은 생기지 않았다. 구만리나 오지만 후회 가득 잡지 못한 것을 세어 본다. 설령 부자였던들 놓치지 않았으랴.

자전거로 가기에 구만리는 너무 멀었다. 하루 묵을 채비도 없는 소년에게 너무 멀었다. 하늘을 나는 하얀 용의 수염 끝 바라보며 곧 도착할 구만리를, 거기에 있을 그를 그리워했다. 어깨 살포시 덮을 잔디를 상상하며 돌의자에 앉아 발목 적실 흐르는 물 상상하며 슬프지만 경쾌한 연주를 듣는다. 아이 몸뚱이만 한 인형의 과장된 웃음을 쳐다본다. 페달 밟은 채 다리 굳어지기가 구만리 닿기 전 맞은 비보다 많았다. 멈출까도 했지만 구만리 푸른 하늘이 너무 좋아, 떠나기 전 잡혔던 그림자를 잊고 싶어 힘을 냈다.

막상 아까운 유리병에 글씨 어눌한 편지 한 통 넣고 혹여 어른들 들킬라 멀리 던졌다. 유리병 닿기 전 차라리 가라앉기 소

원했다. 몸과 몸이 팔과 팔이 손과 손이 슬며시 부딪힐 때 그
는 너무 찬란했고 소년은 부끄러웠다. 큰 뱃가죽처럼 숨 쉬
는 침대 위로 엎드려 자고팠다.

혁명도 잠들고 예언도 잠들어 그다지 꿈꿀 일 없는 소년은
자전거를 꺼낸다. 토너먼트의 흥분도 없고 월세의 절박함도
없다. 두 끼 정도 굶는 건 그리 어렵지 않고 자전거라면 주유
소 갈 일도 없다. 그림자가 두렵지도 하늘이 그립지도 않았
다. 그는 가끔 생각났다.

구만리에 가면 물안개 가득한 언덕에 앉아 가슴에 그려 둔
그의 초상을 묻고 싶다.

* 허연의 『오십 미터』를 읽다가, 구만리를 지나던 중.

물수제비로 날다

    광장에서 찾아온 설움은 쾌적하고 밝은 햇살 속에 찾아온 설움은 그리 격정적이지도 개연적이지도 않았다. 연이어 따라온 통증은 온몸을 싸고 허벅지 뻗어 감은 저림은 길바닥에 박제된 검은 피처럼 움찔했다. 힘껏 뛰어야 가장 낮은 지붕에도 미처 닿지 못할 몸짓이여. 짐짓 근엄을 불러 솟는 눈물 막아 본다. 옛 경전에나 갇힌 일을 눈으로 마주한다. 번뜩이는 감정은 차분한 계산보다 훨씬 가벼움을 깨닫는다. 육체는 그리 강건하지 못했고

    박수와 조명, 낮게 퍼지는 웅장한 저음이 무심한 표정 뒤에 어쩔 줄 모르던 흥분을 자극한다. 이어지는 수많은 악기들과 어우러진 함성은 마음과 이미 분리된 육체가 보내는 눈물에 열광한다. 제사장들은 이미 천상으로 향하는 기도를 날렸고 수도자들은 그 비상에 함께 올라 앉아 황홀한 하늘에서 벨트를 맸다. 비둘기를 쫓아 오르던 까마귀는 곧 궤적을 벗어나 자신의 행진곡으로 곧장 날고 오선지 선명한 악보를 넘어선 변주는 바다로 흐른 물을 깨웠다. 흘러들어 온 물은 왔던 데로 돌아가 이성이 알려 주는 환호를 전하고 이야기를 받은 큰물은 품 안으로 들어오는 돌에게 물 밟는 여름 신발을 신겨 건너편 뭍으로 보내 주었다.

>

검은 옷의 엄숙한 제의는 산 자를 위하여, 만찬 가득한 즐
거운 환호는 태어날 자를 위하여

손뼉을 크게 친다.

그리 드라마틱하지 않았던 설움을 보낸 후의 일이다.

열탕에 들어간다 냉탕에 들어간다 반복해 본다. 무거운 쇳
덩이를 들어 보기도 끌어안기도 한다. 높은 언덕에서 천막을
잡고 뛰어 보기도 하고 평평한 길에서 전기를 타고 달려도 본
다. 박수를 떠올리며 음악을 켠다. 천장이 안 보이는 어둠 아
래서 낮게 읊조린다. 물가로 가 찰랑이는 물을 발로 찬다. 돌
을 들어 멀리 던진다. 돌은 야구공처럼 떨어진다.

다시 던진다.

물을 갉아 대던 모서리는 상처를 수없이 삼키고도 평온해
지는 원만함에 이빨을 다물고 둥글둥글해져 간다. 나는 긴
지갑에서 잘 접힌 낱말 하나를 꺼내어 납작한 돌 안에 끼워
넣었다.

돌은 통통 튀는 상큼함이 묵직하게 삼키는 물의 원숙함에
완전히 침식되기 전에 슬며시 져 줄 요량이다.

다시 돌을 던진다. 볼링공처럼 구르던 돌은 어느새 새가
되어 비행한다.

날카로운 모서리가 물을 닮은 이길 수 없는 표용과 손을 잡는 것을 보고 집으로 돌아선다.

광장의 설움이 다시는 나를 찾지 않았다.

지구바위 탄생석

커다란 바위가 있다.
바위는 그저 갊히고 부서지는 삶을 살아야 한다.

큰 바위는 비를 맞고 바람을 맞고 태양을 맞고 열이 오르고 온도가 내리고 물에 잠겼다 말랐다 솟았다 가라앉았다 추웠다 더웠다 비 맞고 바람 맞고 태양 맞고 열 오르고 온도 내리고 물에 잠겼다 말랐다 솟았다 가라앉았다 추웠다 더웠다 비에 맞고 바람도 맞고 태양빛 맞고 열 오르고 때론 내리고 물 잠겼다 말랐다 솟았다 가라앉았다 추웠다 더웠다 비도 맞고 바람을 쐬고 태양열 맞고 열이 오르다 온도가 내리고 물 속 잠겼다 말랐다 솟았다 가라앉았다 추웠고 더웠다 비 맞아 바람도 맞고 태양 맞고 열도 오르고 온도도 내리기도 하고 물 잠겼다 계속 잠겼다 가라앉았다 추웠다 얼었다 속은 끓었고
    언제부터인지는 알 수 없었고

큰 바위 안에는 '자아'가 산다.
'자아'는 하나다.
검은 어둠 가득한 먼 어디서 날아든 거친 돌 하나가 큰 바위에 쩍 부딪히더니 상처가 생겼다. 상처의 크기는 파편으로 출타한 알갱이들의 합과 같다. 큰 바위에서 떨어져 나온 알

갱이들은 자신들이 독립하였음을 자각하고는 스스로 생각을 해야 한다는 것을 깨닫게 되었다. 스스로 생각하는 것이 곧 '자아'임을 미처 알지는 못했지만 갑자기 '자아'가 수백만 개로 늘었다.

언제 그런 일이 있었는지는 알 수 없었다.

늘어난 '자아'들은 지구바위라 불리게 된 큰 엄마 바위 몸뚱이 위 어디에서 자신들이 머무를지 위치를 정하기 시작한다. 모여 회의를 한 것은 아니지만 비와 바람과 태양이 주는 자연의 이치를 따르다 보니 일정한 규칙이 자리를 잡게 되었다.

그 규칙은 이렇다(이 규칙은 유한한 바위에서 어떻게 각자의 터를 잡는 것이 효율적일까 또는 자연의 이치에 가장 합당할 것인가를 표현한 것이다. 이것은 '자아'들끼리 모여 논의한 정치적 합의는 아니며 타인에게 무심한 알갱이들의 속성상 결과적으로 드러난 현상이며 여기에 수학적 표현이 어울렸을 뿐이다).

$$\max U_{(z,s)} \ldots \ldots Z + R_{(r)}s = Y - T_{(r)}{}^{*}$$

여기서 U는 공간을 어떻게 점유할 것인지를 말하는 것이며 z는 수많은 알갱이들 즉 새로 생긴 '자아'들을 가리키고 s

는 그 '자아'들이 점유하는 공간의 크기를 말한다. R은 한 지점 r을 점유하는 데 필요한 에너지를, Y는 그 알갱이들이 생산할 수 있는 능력을, T는 한 알갱이가 어떤 곳으로 이동할 때 필요한 에너지를 의미한다(여기서 말하는 에너지라는 것은 아마도 비와 바람과 태양이 가져오는 힘을 말하거나 알갱이가 품은 무게 같은 거라 추측된다).

이 기초적 개념에서 출발하여 여러 알갱이들이 많은 외부 요인들을 만나 다양한 양태들을 거친다. 이것을 분석하여 정리해 보면 이러한 식에 도달할 수 있다.

$$\Psi_H(r, \ u) = \max \frac{Y - T(r) - Z(q, u)}{q}**$$

이것은 r지점에서 u라는 편의를 누리기 위한 에너지 총량인 Ψ를, 알갱이들이 생산할 수 있는 능력인 Y에서 r지점까지 이동하기 위한 에너지 T를 빼고 다시 여기에서 Z 중 q가 가지는 편의(여기서 표현되는 편의라는 것도 좀 이상한데 아마 알갱이가 어떤 지점에 머물게 된다면 그것을 편안하게 느껴서 여간한 외부 힘에 의해서는 움직이지 않게 되거나 어느 지점에서 멈춰야 하는데 더 움직이게 되는 상태를 의미한 것이 아닌가 추정된다. 뭐 지형상 절벽이어서 떨어지게 됐다거나 얕은 구덩이가 있어서 거기에 걸렸다거나 하는 현상이 아닐까)와 그 지점에서의 편의 u에 따른 Z가 소비해야 할 에너지를 뺀 것에 q를 나눈 값이 된다(이것을 수학적으로 입증하라고 한다면 화자는 그럴 능력이 없음을 미리 밝혀 둔다 또한 이 공식의 예외성을 제시한다면 그것을 반박할 어떠한 논거도 없음을 밝혀 둔다).

알갱이들이 항상 이 공식에 따라 움직였는지는 알 수 없다.

바위는 그 뒤로도 계속 갉히고 부서지고 또 부서져서 깊은 곳은 깊어지고 높은 곳은 높아졌으며 물이 차서 다시는 빠지지 않는 곳도 생겨났다.

그리고 알갱이 '자아'들과는 다른 '자아'들도 생겨나기 시작했다. 그들은 비와 바람과 태양이 주는 물이나 힘이나 열에만 움직이지 않고 '마음'이라는 것을 가지고 움직이기도 하였다. 특히 '마음'을 진동으로 드러내는 방법도 알고 있었는데 그것 때문에 이 바위는 꽤나 시끄러운 나날들을 보낼 수밖에 없었다.

이러한 사건이 언제 일어났는지는 알 수 없었다.

어느 날,
바위는 배를 심하게 앓더니 덩치에 맞지 않는 아주 조그만

항문으로 돌 하나를 내었다(표현은 단순한데 이 과정이 꽤나 긴 시
간이었다고 한다. 그리고 이것은 마음과 마음들의 충돌이 잦아져 일어
난 결과라는 말도 있다. 외계에서 온 먼지를 삼키다 구토한 것이라는 말
도 있다. 하여간 큰 바위가 어느 때부턴가 속이 끓더니 커다란 바위의
속에서 겉으로는 보이지 않는 불 같은 게 생겨났다고 한다. 원래 그런
것은 존재하지 않았는데 말이다).

　이 돌에 대해서는 바위 위에 사는 시끄러운 '자아'들 사이
에서 이런 노래가 전해 온다(워낙 오래된 일이고 당시의 언어를 이
해하는 '자아'들은 현재 존재하지 않기 때문에 이 노래는 근대의 '자아'들
이 자신들의 표현으로 많이 각색해서 나온 결과일 수 있음을 인정한다).

　눈처럼 빛나는 흰 보석은
　새벽녘에 놀라 깬 잠
　아직 다가오지 않은 부담으로 눌린
　가녀린 소녀가 흘린 눈물

　파아란 하늘에서 떨어지던
　흩날리던 늦봄의 꽃잎은
　숲속 여기저기 숨겨 두었던 어려운 낱말들
　한창 웃다가 문득

풀지 못한 마법이 떠올랐네.

모닥불이 밝히던 친구들 얼굴
즐거운 표정은
어두운 걱정보다 커
나에게 남은 여유로
너에게 있을 걱정을 덜어 내고
지금은 기뻐할 시간 왜 아니랴.

멀리 박공지붕에서 올리던
자매들의 노랫소리가
지금
여기서도 올리네.

이 '자아'들은 이 돌을 목에 달아매고 좋아했고 때로는 자기들끼리 싸우며 빼앗기도 했다. 정작 이 돌이 주인인 큰 바위는 이 싸움에 개입하지는 않았다. 단지 기쁨의 표현은 했다고 한다.

사실, 이 돌의 엄마였던 큰 바위는, 표현 정도가 아니라 너무나 기쁜 나머지 기쁨의 눈물로 격한 불을 뻥뻥 토해 댔

고 깊은 생채기를 동반한 전율과 '마음' 진동으로 한참 동안
춤을 췄다고 한다.

*, ** 돌들의 시간이 지난 뒤 등장한 다른 양태의 '자아'들 중에서 Fujita
라는 이름을 가진 '자아'가 이 식을 만들었음. 이와 유사한 주장을
펼친 '자아'들로는 Alonso, Solow, Marshall, Hicks, Kabsung 등이
있으며 그들은 스승이거나 제자였다고 함.

캠핑장

순번을 기다리던 토막 장작이
신호를 받고 뛰어간다.
호기로운 불꽃에서 휘얼훨 목욕을 하고는
오래 남는 밤의 빛으로 변신해 관객들의 망막 속으로 날
아든다.

간혹 피 섞인 기름이 환호성을 지르지만
장작 속에 살던 순수 공기들이 타닥 비명을 지르며 탈출
한다.

생의 향을 잔뜩 머금은 연기는
그윽함 속의 처절함을 깊게 살피고는
그 생을 위한 진혼무를 펼친다.
바람이 작곡한 대로
그가 받은 무게대로
충실한 춤을 진솔하게 추어 보인다.

질긴 빗줄기도 두드림 하나 새겨 놓지 못한 지붕은
펄럭이는 몸짓으로
자유로운 자신의 절정을 멈추지 않는다.

빠른 말투로 으르렁거리는 포효는
들을 수 있는 자만 이해하리라.

잦아드는 비는
창공의 소식을
나무와 풀에게
천막과 연기에게
그리고 대지에게
자신의 몸으로 전하고 있다.

구름을 뚫던 별빛 수억 개
한두 점 땅으로 도달하기 시작한다.

자신들을 주연이라 믿는 사람들을 온통 둘러싼
이 공간의 진정한 주인들이
한껏 들뜨는,
노예 천막 노숙의 밤

크로키

연필과 펜이 빙그르 돌아 엎드린
하얀 얼굴

화가는 데생을 멈춘다
바람 부는 방파제에서

붉은 파도가 솟는다.

같은 면을 가진 같은 날개
퍼덕이지 않는 것
펄럭이지 못한 것
작품 아니면 작명 곧 사라질

유려한 선은 뜨는 순간 더 힘찬 착지로 향한다.
푸른 운동장 위에 하얀 트랙을 남길 때

우러러본다.
깎이기 전
마모된 날의 마지막 후려침

\>

처음 탄생한 대지에게 입맞춤하듯

궤적의 시작을 준비한다.

부리와 꼬리
소실점을 잃은 낯선 원경
수평선 그 절대 기준의 흐무러짐

내려다보는 눈
호기심을 달래던 시간을 안고
무심 가득한 가시 속 얇은 의자로까지

방에 가득 차는
더 사납게 붉은 파도

허공이 기지개를 켠다.

한가을에게*

가을에게 부친다.
깊은 서랍 냉동실에서 꺼낸 나의 순수한 열정
첫 장 열어 정갈히 쓰던 고백

첫가을은 설어 지나칠지 모르니
한가을에게 부친다.

무의미한 숙성 젖어 버린 담배처럼
무기력한 햇살
밀려드는 변명조차 가려 주지 못한
한껏 달려 보다 이내 돌아서던 들판
노을로 귀가하던 저녁

관자놀이 지끈하게
엉치까지 뻗어 내린
붉어지지 않은 잎
아름답고 미지근한 바람에게 부친다.
내 겨우내 얼었던 눈과 더위로 녹았던 혀를

마른 새들이 꽃잎처럼 모인다.

도시를 보지 못해
나무에만 매달렸던 솔방울들
여태껏 부드러운 흙에 오늘 잊을 씨앗 하나 주지 못한
버석버석 갈증만 안긴 화분들

걷는다 아스팔트 넘어 비탈진 풀길을
하늘 파도를 깃발 삼아 펄쩍 뛰어 보면
찬란하게 떠 있는 나의 절망이 가만히 응시한다.
곧 비 머금기 바라는 마음으로
그 계절엔 누군가 와 주길
밤새 걸어도 닿지 못하던 나의 깃대로

새벽 공부 등 밝혀진 순간
기도의 초 오르는 순간
맥박이 사타구니에서 솟는 순간
숱한 반환점 내리는 땀마다
딛으려 애쓰는 한 편 또 한 편

가을 또 가을, 아, 무너짐의 한가을아,
여름내 쌓아 겨우 순을 낸

퇴적의 시간을 품어 키운 질투

후회에게 부친다.

천만 꽃잎 부드러운 봄바람 삼키고도 배고팠던 나의 빛나
는 여름을

* 오마주. 한강, 「첫새벽」에 대하여.

제4부 봄으로 봄으로

남매

커다란 물통에서 벌거벗고 첨벙인다.
낡은 버스가 늙은 담팔수 아래로 선물하는 향긋한 검은 과자
젖은 머리 털어 내며 키득댄다.

어디선가 배달된
정교한 연결의 현란한 도시투성이 기계는 곧 20세기 소년
에게 이식되고
소년을 따르는 소녀는 발음을 전이한다.
어색한 이름이 사투리에 용해될 때 보이지 않는 도시는 마
침내 그 입술의 것

할머니 자주 드시던 쪼그라든 콩잎처럼
냄새나는 공동 화장실 작은 모래언덕에 쪼그려 앉아
둔한 모래성을 짓는다.

함성이 등을 에워싼다.
손과 손이 엮인 그물이 덮칠 때
키 작은 오빠는 프로레슬러처럼 눈을 부라리고
어린 햇살은 방풍낭* 허리 비집어 앙상한 다리들 놀자 부
른다.

>

팽개쳐 신작로로 뛰어나간 뒤에도

동생은 모래 굵은 언덕에 남아

섞인 돌을 골라낸다.

동굴에서 발견된 작은 유리병은 쌍안경이 돼 먼 마음들 들여 보고

아이스께끼 귀한 손잡이는 별 표창 동전 만화가 파는 흥분을 산다.

마음 하나 두고 떠난 몸

지루한 아우성에서 남은 마음도 떠나보낸다.

눈 없는 마음이 다다른 지금이라는 동네

여기서 받아 든 작은 그림 한 점, 흰 점 조금에 보라 수천 개 찍힌

얼어 있는 시간 꺼내 보여 줄, 삼십이 층 창 너머 망각의 능선에 오래도록 걸릴

잡은 손 깜빡해 갇힌 인파 속 눈물도 갇혀

돌아서서 터벅이다 쉬기를 몇 번

집에 도착하니 동생을 두고 왔다.

>
다리통 굵은 공룡들이 걸어간 느린 발자국 안으로
여름의 웃음을 새기고 싶다.
가격표가 달렸다면
아직 달아 보지 못한 성탄 장식, 높이 솟은 별, 북국 사슴
의 뿔을 사고 싶다
손가락에서 스르르 사라지는 훌쩍 늙어 버린 햇살

엄마가 빚어 놓은 만두가 식고 있다.

* 방풍낭: 돌담을 지키는 나무의 별명.

노일리

잊고 살던 별빛이 쏟아진다.
라디오 채널이 흐려진다.
얕은 산과 좁은 천이 흐른다.
이만하면 좋겠다.

이발소 벽걸이 그림에 나왔을
굴뚝 있는 집도 보인다.
멀지 않은 숲은 깊이도 깊어
나무 내린 땅이 보이지 않는다.
구만리 지나도록
길은 구불구불
사람이라도 마주치면 반갑다.

소년 시절 공부하던 경기도 산골에도
물수제비 내기하던 천이 있었지.
나는 이런 여자와 살고 싶고
너는 이런 일이 하고 싶다던
이야기터가 있었지.
아무런 인연도 없었는데
웃는 낯으로만 깊은 우정을 맺어 주던

나지막한 풍경이 있었지.

테라스 앞 조명을 압도하는 어둠
큰 소리로 말하기 미안해지는 적막
술 한잔 기울이고 싶지만 감히 취할 수 없는 경건

누구라도 내 곁에 있어 주면
진한 정을 내어 주고픈 그곳

이만하면 좋겠다.

별

직선은 마음의 것
현실은 곡선일 뿐

모자도 없이 부끄런 이마로
아래로 아래로 매달려
이건 기쁨이야 맛있는 경험이야.
물에서 쉬는 숨처럼 별거 아닌 일상
차가운 어깨 살 흥분한 뺨은 공작처럼 파르르 만났다.

어두운 방 날카로운 소리로 떠나는 내게 울부짖던
빗속 두드린 문 굳게 외면하던
가엾은 당신을,
천진하게 감싸 안은 너를 만지고서야

점 그리고 점
화선지 흐드러진 먹물
　바다 만난 벗은 구름, 경계 넘은 모작摸作, 미소 이긴 눈
물, 이빨 덮는 혀
　털이어서 차가운, 깊은 물의 찬란, 화려한 엄마의 가난,
탄력 잃은 용수철, 비 맞은 빨래

하늘 갈라 맨 줄 줄 줄
푹신한 지붕

흔하디흔해 상쾌히 누워 보다
그리운 얼굴 하나씩 포개었고
흐르는 순간에는 고민했다.

바다 위에도 떠 있지.
돌아오지 못한 별 이야기
고대하던 유성 지나가고
덤덤하게 찾아온 너

작은 트럭

늦은 봄
군밤 파는 리어카에
쇠화덕이 돌아간다.

옆에
과일 상자 기우뚱 실린
작은 트럭
무너질까
내려 넓은 끈 얽어맨다.

공 치러 가는 길
가로수 아래
고운 연산홍 붉은빛

가끔 몰던
아버지 낡은 차

검은 묘판에 어린 난초
기껏 삼백 본 태우고
인도 옆으로만 달렸다.

\>

좌회전 신호에
줄줄이 밀려드는
주말

노견에 서서
단단히 묶은 트럭
털털텅
냉큼 끼어든다.

앞차 따라 달리다
쏟아질세라
브레이크 깊게 밟는다.

살생 혹은 귀찮음을 피하기 위한 의도적 외면

바닷가 시골 어둠 커튼 너머 백열등 아래
아내가 다급히 부른다.
어머니 눈치에 눈으로만 부른다.
어슬렁 따라간 별채
덩그러니 세탁기 한 대
귀뚜라미 무서워 빨래 못 꺼내니 꺼내 줘.

여름 끝나지 않은 밤 시멘트 벽 무대 힘찬 공연
곁에 관객 하나 더
선반 위 찐빵 조약돌
닌자처럼 엎드린 그는
자신을 본 나를 알아보고
슬며시 더듬이를 내린다.

살아 있는 존재 중
이토록 죽이고 보자는 건 없으리.
죽여야 하니 죽이긴 했는데
죽이는 것이 마땅은 했는지.
생명 질긴 게 죽을 이유라면
살고픈 맘 높으면 밟혀 마땅한가.

>
지난 주말 야시장에서
가죽 서류 가방 살피던 아내가
흥정하다 말고
불쑥 물었다, 이거 꼭 필요한 건 아니지
아니 필요한데
으이구 눈치 없기는 누가 안 사 줄까 봐.

빨래를 옮기고
들고 온 바구니 두러
돌아가신 할머니 욕실로 갔다.
구름 낀 겨울밤보다 더 어두워 불 켰다.
다시 알아본 우린
황급히 시선을 돌린다.
살생이 싫어 혹은 이유 없이 귀찮아.
낡은 바구니 맞은 벽 녹슨 쇠못에 걸어 두곤
불 끄고 후다닥 돌아섰다.

송악의 비행

송악의 눈이 거미가 되어 쳐다본다.
거미는 털 달린 발을 바위 깊이 박아 둔 채
내일의 대기표처럼 기다린다.

초겨울 한낮의 태양
여름부터 쉬지 않는 속삭임에 머리가 아프다.
귀로도 눈으로도 말은 충분한데
등으로 들리는 소리가 크다.

올려 보던 고개 숙여
검어지는 연초록 얼룩 위 빨간 동자
한 장 한 장 서류로 쌓아 온 지난가을의 꿈틀거림을 뚫어 본다.

튀어 오른 불씨에 마음 귀퉁이 어딘가에서 시작해 스르르 번
져 가는 그을음
커다란 기둥 타고 오른 정복의 심홍을 마주한다.
흐읍 들이켠 심홍은 그을음을 태워 호흡의 먼지가 되고
내뱉은 숨은 다시 내년의 그을음을 만들 빨간 불꽃을 부른다.

지난밤에 마감했던 서류 뭉치는

누구의 헤어짐 한 올, 누구의 서러움 두 올과 누구의 무던
함 다섯 올로 엮어

　호통의 다리미로 꾸욱 지지고는 다정의 분무기로 구겨진
주름을 쭉 펴

　단단한 표지로 치장한 것

　아침에 도착한 곳에서도 한참을 기다려 기껏 왔다는 신고
는 마쳤지만

　신선한 그곳에서 받아 주길 바라는, 냄새 가득한 내무반에
서 보낸 사연은 미처 전하지 못해

　주머니에 넣고, 콘서트장 입구에 늦게 도착한 불청객처럼
돌아서야 했다.

　너 한 올 나 한 올

　너 한 입 나 한 입

　우리는 서로 충분해.

　나는 떨구고 너는 솟는다.

　집어 든 말은 넘치도록 많은데

　당장 뱉어 낼 말을 찾을 수 없다.

　키득대며 던져 봤던 그 많은 중얼거림, 혼란한 대화 가득

꽂혀 있는 도서관은
중압의 도시에 이르러
동작하지 않는 언어의 기계 속 톱니바퀴에 끼어 아등대다
기어이 울고 말았다.

오르고 내리다 뒤틀린 몸짓은
돌 붙들고 굳어 가
탈출하는 무당벌레 생존의 등을 응시하는 거미

송악의 눈에는 푸르게 타오르던 여름 황홀이,
찢긴 옆구리엔 검은 구멍이, 돌의 검은 구멍이.
구멍 깊이 호흡 한 줌 깃들고
먼지에서 벗어난 호흡은 뛰어오는 겨울에게 여름 황홀을 한
올 먹인다.

거미줄로 칭칭 동여 날개를 매단 송악은
좁은 터널을 떠나 무당벌레 위로 비행한다.
웅웅대는 태양의 잔소리를 뒤로한 채
금요일의 퇴근으로 도피하는 저녁 검은 불꽃들을 맞이한다.

흑백의 바다에서

치명적인 빛은 연약한 육체를 비집어 가장 연약한 씨를 비
춘다.

조각배 하나
흑백의 바다에 뜬 덩그런 점은
훗날 이 광선 발하는 기계를 작동하게 할
흑백의 바다를 존재의 섬으로 고립시킬
희미한 설계자

선택의 선택 안에서
선택하여 선택받은 선택이란
거절받지 않은 선택 후에도 선택되어야만 비로소 존재할
수 있는
힘겨운 선택

세상의 모든 존재가 선택되지 못한 경우는 없건만 최후의
선택도 선택되지 못하곤 한다.

두 번째 선택이 거절된 후
네 번째 선택을 거절해야만 했을 때

선택받아야만 했던 자에게도 선택할 수 있는 차례가 돌아옴을 알게 되었다.

거절을 선택해야 할 고민이
무자비한 통보 후에도 무의식의 통로 안으로 자꾸 기어들 무렵
선택을 선택하지 않은 다섯 잎의 꽃들이 듬성듬성 피어나고 있었다.

거절된 선택은 아직 흘리지 못한 눈물에 실려
어느 여린 뿌리 한 가닥에 심기었다.

선택을 받았으나 스러진 꽃들과
선택을 받지 못해 멍울로도 남지 못한 씨앗들은
누가 더 가련한지 종말을 향한 달음질로 확인하고 있다.

존재의 종말과 기원의 끝을 잇는 고리보다
존재였으므로 기뻤던 기억, 그 단순한 몰입의 가닥을 붙들고 싶다.

\>
언덕을 돌아 지친 고향으로 들어설 때,
거짓말 같은 노란 리본들이 환한 손바닥을 흔들어 대듯
하얀 손바닥의 파도를 끝없이 일렁이게 할
가장 연약한 뿌리들의 합창이 들리기 시작한다.
두둥 두둥 쿵 두둥 두둥 쿵쿵

광선으로만 존재하는 흑백의 바다에서
혹은 선택과 거절의 바다에서

너의 어제

수컷 냄새들이 뒤엉킨 피로의 집으로 들어가
청결 가득한 엄마 집이 떠오르지 않았다.
예술이 되어 버린 그 기술은 사람을 위하진 않았고
무관의 고리 가득한 사슬로 엮은 너의 어제는
알고 있는 내일 오후 여섯 시가 되어 기다린다.

뿌리를 가늠할 수 없는
수컷 덩굴들이 풀 수 없는 매듭으로 얽힌 피로의 안식처
에서는
희미한 엄마의 살결이 기억나지 않는다.

뭉툭한 고리로 다가온 너의 어제는
차가운 철 사슬로 묶인 웅덩이 안의 내일을
살그머니 걸어 마침내 탈출시켰다.

자신의 소중함을 위해 정성으로 묶었던
무한의 봉우리가 다가온다.
발을 슬쩍 떼기만 해도
작은 날개를 힘껏 밀어 줄 천사들이 기다린다.
눅눅한 엉덩이는 이내 말라 갈증이 날 정도다.

>
예술이 된 기술을 붙잡으려 가슴 안에 재웠던
신발을 한 켤레씩 꺼냈다.
몇 발짝 지나지 않아 바스러져 버리는 밑창을 막으려
덧댈 말들을 수십 알이나 담아 왔지만
기술의 등을 붙들기 전에 사라져 버렸다.

치아 뿌리까지 삼켜 버린 마늘 내음처럼
내 등걸 깊숙이 심을 박은 이 수컷 냄새를 떨쳐 내려
무수히 떨어지는 물길을 찾아
젖은 곳만 밟으며 걷고 있다.

집으로
엄마에게로
다시 돌아갈 어느 곳으로
너의 어제를 잊게 해 줄 그곳으로
또는 어떤 구원에게로
닿을 수 있을까.
의심 가득한 길을 쉬지 않고 걷고 있다.

영생의 산처럼

커다랗게 꿈틀대며 환하게 빛나는
남녘 산은
신비한 울림을 발하고

세상은 아직 비구름 이불 속이다.

도달할 리 없는 그 성을 향해
중력처럼 돌입한다.

이른 아침
귀향하는 덜컥대는 우주선
잠은 여태 이불 속에 머물고

보목리길

마음으로 걷고 있네, 그 길
기억으로 걷고 있네, 그 길

지난밤 성난 파도 군대 성큼성큼 유린하던 돌 방파제 포구
에서
미역과 소라 바닷물 덜 빠진 채 씹었었지.
거대한 선수 포구에 닿자마자
더벅머리 어부는 몰려드는 아이들에게 웃음으로 나눠 줬고
우리는 받는 내내 뭔지도 모르고 허겁지겁 입 속에 넣어 댔지.

인 더 킹덤 바이 더 씨
에드거 앨런 포 유명 시에 나왔을 듯
따래기동산 작은 바닷가 언덕은
엉덩이까지 검게 그을려 촌스러운 우리가 뛰놀던
볼래낭개 대나무 총 싸움터
절벽 아래 큰 개물 들이치는 흰 파란 파도와
소나무 청록 바늘잎 헤치고 보이는 반나절 헤엄 거리 섶섬은
카프리 황제 별장보다 멋들어졌지.

용이 되고자

하늘님 숨긴 여의주를 애타게 찾던 이무기는
다이버 매혹하는 그 돌섬 깊은 바다에서 끝내 좌절했다지.
마을에 문인 낸다는 동쪽 끝 만년필촉 바위는
벼락에 구멍 뚫려 한동안 사람을 내지 못했다던데
이무기가 심술 냈나.

막창이라 고집스러운 토박이들 유독 거친 갯것들
넓은 데로 나가라, 사통팔달 뻗어 가라, 용이 돼라.
작고 외로운 좌절 딛고 빛을 물고 해면 위 높이 오르고픈
소망 있었다.
오사카 관동 난리 헤치고 서귀포 바당 외눈박이 물질하
던 소녀,
흉흉한 소문에 북방으로 돌담 쌓고 밤새워 조마조마 횃불
들던 청년,
가을이면 거센 바람 앗아 간 지붕 초가 때우느라 새끼줄 꼬
기 여념 없었다.

바다를 왼 어깨에 메고 지꾸섬, 제지기오름, 알동네포구,
내창 입구, 따래기동산, 큰 개물, 작은 개물, 섶섬 앞 동애기
오름 등지고 동카름, 비석거리, 새왓집, 말달래, 국민학

교 지나 장구달래, 독고리섬, 모심물

　우람한 가슴속 포구까지 흘려 내는 백록수 계곡 줄기 드러
내는 기품 찬 남한라 미소 받으며

　오늘도 걷고 있네

　추억으로 걷고 있네, 그 길

스트라스부르의 아침

새벽녘 살포시 내린 눈은
열일곱 가슴 태워
스물다섯 누나에 날리던 마음
고대 로마식 도로에 닿지도 못해
눈물 몇 되어 사라졌다.

공오 시 삼십사 분
거리를 지르는 전동 트램 출발한다.

일곱 칸 사람은 없는데
노란 빌라서
털모자 등 가방이 두리번 나선다.
거리 내려 보는 붉은 커튼
꿈틀거리는 주물 덩굴은 유리 눈을 둘렀다.

간밤엔
교대식 기다리는 파이프 차도에 누웠고
빼꼼 생긴 틈으로
작은 차 엉덩이 비집으며 들어오다
오른 날개 접지 못해

터덜터덜 떠났다.

세 번 만에 비로소 앉은 사람들
가지런히 손 모아
건너 승객 가방 너머로
지친 시선의 닻을 내린다.

전쟁 쫓겨 천막 교실 가던 아홉 살 아이가 그랬을까.
엄마 투정 고픈 남겨진 나트랑 청년이 그랬을까.
겨울 새벽 여의도서 나오는 버스 오른 둘째 이모가 그랬
을까.
이해 못 하는 흐름 속으로 자신을 욱여넣는다.

수십 년 전 동녘 나라 살던 아침이
마침내 스트라스부르에 도착했다.

틈

나무껍질 짓는 표정
사라지는 얼음 방울

후배에게 짐 맡기고
깃발 위해서인 양 도망갔다
그날 떠올리는 고백은
피하는 고립보다 무겁다

유연하면 상처가 아프니
굳어지기로 했다
종유석 자라기보단
콘크리트 얼듯이

수건 꺼내다 거울에 끼인 손톱
사이로 스민
가느다란 틈
그날 그녀가 남긴 여운 같았던

말로는 애초 못 하고

그럴 리 없다 애써 달래지만
심장은 알고 있었다

밤 지나면 사라질 끈
두 손 감싸면 남으려나
아픈 배 움키듯 쥐고 눌렀다

의미만 실리만 너무 좇아
잡을 게 별로 없어
땅 파다 뱀 마주친 청설모처럼 놀랐다

거대한 흐름도 작은 소망부터 빚어지련만
간절한 두드림은 왜 사라질까

어떤 것은 갈라지고 어떤 건 메워져
어느새 얼굴은 껍질이 되고
마음서 솟던 방울 서서히 말라 간다

가난할 적에 의지한 물소 가죽

등 대어 귀를 연다
왼발 뒤꿈치
틈이 깨는 소리

해 설

'시'라는 어둠을 모험하는 방법

이진경(문학평론가)

마사 누스바움은 월트 휘트먼의 한 시에 나타난 '시인'에 대한 규정에 주목한다. 그에 따르면 휘트먼은, 시인을 "한결같은 인간"이며 "남자들과 여자들 안에서 영원을 보"는 자로 쓰고 '재판관'의 성격을 부여했다. 이때 '시인'은 누스바움의 말처럼, 진짜 재판관이라기보다는 "존재하는 모든 것을 인식하게 하고, 또 그것이 우리의 눈에 드러나게" 하는 작업을 하는 존재라는 의미로 이해될 수 있다. 즉 시인이 없으면, 시인이 재판하지 않으면 '존재'에 대한 인간의 인식 범위와 정도는 좁은 선로 위를 반복해서 오가는 차원에 머무는 까닭에, 즉물적 경험에 시달리는 인간에게 필요한 탈선을 위해 시인은 자신이 쓴 '시'를 '판결문'으로 내민다는 것이다.

그러나 판결문을 받은 누구나 자신의 죄를 받아들여 '시'

를 탐닉하고 '시 쓰기'에 대한 열망을 품지는 않을 것이다. '시'는 대상이 가진 새로운 차원을 환기하면서도 인간의 언어로는 포섭할 수 없는 영역이 남아 있음을 동시에 내보이는 무자비함을 가지고 있기 때문이다. 이러한 맥락에서 시인은, 시 쓰기는 '시'라는 도달 불가능한 차원을 도착지로 삼은, 완성할 수 없는 모험을 시도하며 포기를 모르는 용감한 여행자이기도 하다. 거친 사유의 공간을 오간 실존의 흔적이 빈칸 위를 한없이 걸으며 어두운 글씨로 남겨지기에, 그의 발은 항상 헐어 있고 그의 손은 늘 부어 있는 탓이다.

강호남의 첫 번째 시집 『야간 비행』은 '서정'을 주요한 축으로 삼아 전진한다. "온몸으로 간직한/ 기다림보다 어려운 결심"은 시적 화자를 "이 길을 가면 반드시 만나게 될", "여전히 하얗게 굳은 사람과 첫 만남에 헐떡여 붉었던 사람이", "영겁의 눈동자로 만난 순간"(「흰 구름 가장자리에서」)으로 이끈다. 시인은 "광희문 뵈는 집에" 살던 "꿈 많은 소녀"(「장충단공원」)와 "나의 너였기를 간절히 원했던", "눈물로 다시 부르는 너" (「연희동의 너야,」)의 주위를 '비행'한다. 인간에게 과거는 돌아가 '착륙'할 수 없는 물리적, 시간적 공허이다. 그럼에도 불구하고 시인은 이를 미완의 영역으로, 도전 가능한 목표로 거듭 인식하며 자신만의 시적 사유를 전진시킨다. 화자의 욕망이 '현재'의 충일에 근거하고 있는 까닭이다. 그러나 이때 화자는 자신이 서 있는 '현재'를 문제 삼지 않는다. 시인에게 있어 '현재'는 움직일 수 없는 대지로 기능할 뿐이며 오히려 시인은 이것을 시적 상황을 조성하기 위한 전제로 받아들이는 듯 보인다. 따라서 그의 시는 감각적 차원의 바깥에서 현재진행형으로 기술된다. 스스로 멈출 수 없는 '비행/여행'이어야 화자는 모험의 '주체'가 자신임을 숨길 수 있고, 그런 위치에서만 '주체'는 과거를 말하는 '화자', 서정을 떠돌아다니는 '현재'로 아름답게 존재 가능한 까닭이다.

그렇다면 '서정'으로 빚은 과거의 서사화는 불온한 것일까. '현재'를 의심하지 않고, 그치지 않는 애도에 가까운 형태로 과거를 불러낸 시인의 욕망은 불온한 것일까. 결론부터 말하자면, 그렇지 않다. 미완의 과거라고 화자가 인식한 지점에 나타난 "철렁한 추억"(「상처」), "너의 눈길" 등은 여전히 그의 시에서 "나를 부드럽게 부르던 노크"(「너의 새벽」)로 현존한다. "많은 이들이 침상을 가지고 걷는" 것처럼 시인은 "모든 것을 들여다볼 수 있을 것만 같은 그때"(「진흙 봉투」)와 함께이길 원하는 듯하다. 이로 인해 그는 "탐험가를 주인공으로 삼고픈 소설가/ 그 건너편/ 어느 쪽이든 더 재미있는 이야기 기다리는 구경꾼"(앞의 시)처럼 빛나는 현재를 명징하게 만들어 줄 '낭만적 화자'가 된다. 요컨대 현재는 진행 중이라는 측면에서 언제나 균열을 내포하고 있음을 떠올린다면, 강호남의 시집은 누구도 아프게 하지 않으면서 현재의 '붕괴'를 막을 방법을 탐색/비행하고 있다고도 볼 수 있을 것이다. 이러한 화자의 탐색/비행은 이어지는 몇 편의 시에서 더욱 구체적으로 드러난다. 그의 시에서 화자는 별이 없는 어둠을 대신하여 시끄러운 세계의 외피인 "겨울 고공 검은 천"(「야간 비행」)을 벗겨 낸다.

그리 드라마틱하지 않았던 설움을 보낸 후의 일이다.

열탕에 들어간다 냉탕에 들어간다 반복해 본다. 무거운 쇳덩이를 들어 보기도 끌어안기도 한다. 높은 언덕에서 천막을 잡고 뛰어 보기도 하고 평평한 길에서 전기를 타고 달려도 본다. 박수를 떠올리며 음악을 켠다. 천장이 안 보이는 어둠 아래서 낮게 읊조린다. 물가로 가 찰랑이는 물을 발로 찬다. 돌을 들어 멀리 던진다. 돌은 야구공처럼 떨어진다.

다시 던진다.

—「물수제비로 날다」 부분

화자에게는 외피 아래의 세계에 대한 착란이 없다. 강호남의 시에서 화자는 정확히 자신이 '그리 드라마틱하지 않았던 설움을 보낸' 것을 인지하고 있는 상태로 그려진다. 그럼에도 불구하고 그는 육체의 감각을 환기하는 시도를 반복한다. 온도와 무게, 호흡과 청각 등 '말'이 제대로 작동하는지 살피고 그러한 작업이 완료되면 다시 밖으로 나아간다. 이것은 그의 시에서 '물수제비 뜨기' 즉 던지면 떨어지고 던지면 떨어지는 것으로 재현된다. 자기 신체를 점검하는 화자의 이러한 행동은 과거 외부 세계에서 얻지 못한 무언가를 다른 모습으로 그려 내기 위한 준비에 가깝다. 물리적 공간의 작은 균열을 내기 위한 행위로 보이는 "야구공처럼 떨어"지는 "돌"을 던지고 또 던지는 화자의 행위는 '드라마틱했어야 할 설움'이 그치지 않는 욕망으로 그에게 존재한다는 점을 떠올리게 한다. 이때 시인의 욕망은 '현재' 시점에서 특정 대상을 통해 실현될 것을 목표로 삼지 않는다. '물수제비 뜨기'라는 행위에 내재된 쾌락을 얻기 위해 그저 '반복'할 뿐이다. 이때 내재된 쾌락이란 '반복' 그 자체를 가리킨다. 마음 안에서 그치지 않는 "설움"의 형식을 만족할 때까지 충분히 재현해 내는 것을 의미한다. 그런 의미에서 화자가 꺼내 든 '과거'는 그가 당면한 '현재'의 정동情動을 내비치는 수단이기도 하다.

강호남의 시에서 화자가 구축한 현재의 형상이 고정되지 않은 이유는 질료 삼은 '말'에 '실패의 파토스'가 배어 있기 때문이다. 에리히 프롬은 "인간은 역사적으로 구성된 세계 이해에 따라 산다는 점에서 역사적 존재라고 부를 수 있다. 그런데 인간은 집단으로서뿐 아니라 개인으로서도 역사적 존재다"라고 이야기한 바 있다. 바꾸어 말하면 인간-시인은 자신이 속한 언어 세계 속에서 '역사적 개인'이 되려는 존재라는 것이다. 아래의 시 「송악의 비행」에서 화자가 "당장 뱉어 낼 말을 찾"는 이유도 이와 다르지 않다. 이것은 자신이 인식한 '현재'에서 포착한 무언가로 그에 어울리는 '말'을 찾고, 나아가 말을 뱉는 주체로서의 '시인'을 주조하려는 시도인 셈이다. 그러나 이러한 시도는 어떤 의미로는 '실패'에 가깝다. "도서관"은 "중압의 도시에 이르러", "언어의 기계 속 톱니바퀴에 끼어" 버린다. 그러한 상황에서 시적 화자는 "기어이 울고 말았다"는 대상의 속내를 직설하기에 이른다. 이것은 시인의 정리할 수 없는 감정의 분출이 발생하는, 모든 것을 끝낸 요철 같은 지점이라고 해석될 수 있을 듯하다. 다만, 시적 상황이 일어나는 한편에서 멈추지 않고 돌고 있을 "언어의 기계 속 톱니바퀴"를 보고 있는 '화자의 시점'에 대한 고려 역시 필요하다. 화자가 시적 문제 상황에 직접 개입하는 행위를 자제하고 있는 것, 굳건하게 고정되어 표면에 나타나지 않는 화자/시점은 얼핏 부정적으로 보인다. 화자가 시적 문제 상황에 직접 개입하는 행위를 자제하고 있는 탓이다. 그런데 '시적 상황'을 유일한 '콘텍스트context'로 여길 때 이를 다르게 보는 게 가능해진다. '울고 만 도서관'을 지켜보며 그 속에 "끼어 아등대"다 부서질 '말'만 있을 것이라 여기는 것을 절반의 가능성을 '가능성의 전부'로 보는 경우로 재의미화할 수 있는 여지가 생긴다. 맞물려 도는 "톱니바퀴"로부터 끝내 탈출해 인간—시인임을 입증할 "말"을 집어 들 기회를 엿보는 것은 화자의 의지에 따라 실행될 수 있는 일이다. '화자의 정지'를 제시된 시적 상황의 극복을 위해 거쳐 가야 할 '부정성의 차원'으로 여긴다면 시적 화자가 '실패의 파토스'와 자신을 동일시하는 층위에서 빠져나올 가능성도 있지 않을까.

　　집어 든 말은 넘치도록 많은데
　　당장 뱉어 낼 말을 찾을 수 없다.
　　키득대며 던져 봤던 그 많은 중얼거림, 혼란한 대화 가득
　꽂혀 있는 도서관은

중압의 도시에 이르러
동작하지 않는 언어의 기계 속 톱니바퀴에 끼어 아등대다
기어이 울고 말았다.

오르고 내리다 뒤틀린 몸짓은
돌 붙들고 굳어 가
탈출하는 무당벌레 생존의 등을 응시하는 거미

송악의 눈에는 푸르게 타오르던 여름 황홀이,
찢긴 옆구리엔 검은 구멍이, 돌의 검은 구멍이.
구멍 깊이 호흡 한 줌 깃들고
먼지에서 벗어난 호흡은 뛰어오는 겨울에게 여름 황홀
을 한 올 먹인다.

거미줄로 칭칭 동여 날개를 매단 송악은
좁은 터널을 떠나 무당벌레 위로 비행한다.
웅웅대는 태양의 잔소리를 뒤로한 채
금요일의 퇴근으로 도피하는 저녁 검은 불꽃들을 맞이한다.

—「송악의 비행」 부분

또한 위의 시에서는 "톱니바퀴에 끼어" 흘러내리는 화자
의 '감정' 뒤로 '도약'과 '비행'의 단계가 잇따른다. 자연이 구
조화하고 인간이 이름 붙인 사물이자 분화구를 가진 산의

이름에 불과한 "송악"은 화자가 "깃들"게 한 "호흡 한 줌"으로 인해 계절 사이의 단락을 뛰어넘는다. 이로 인해 여기서부터 저기까지의 현실, 움직일 수 있는 것은 움직이고 그럴 수 없는 것은 멎은 채 있어야 한다는 범용한 세계 이해의 차원을 넘어서는 시적 비약의 지점이 생겨난다. 그저 그곳에 있는 것이었을 뿐인 '송악'은 시인에 의해 "좁은 터널"을 지나 "검은 불꽃들을 맞이"하며 으깨진 '말' 이상의 것을 발견하지는 못하던 차원을 거쳐 조금 더 나아간 공간으로 그려지는 것이다. 따라서 우두커니 서서 시간의 흐름을 좇는 자연물에 불과했던 '송악'은 화자의 인식이 개입한 결과물로 물리법칙이 존재하는 세계를 수직으로 가르며 자신의 역사를 궁리하는 주체의 형상을 얼핏 띠게 되지만, "송악"을 바라보는 화자의 '시선'은 여전히 '시' 어딘가에서 수동적으로 자신의 극복 차례를 기다리고 있는 것으로 그려지고 있으며 이것은 너무 긴 시적 모색의 잉여처럼 보이기도 한다.

침침한 조명 누군가 뒤척인다.
창 저편 고오오 진동한다.
산 자들 북적대는 침묵이 죽은 자의 세계를 관통한다.

얼음 땅 호수 가장자리 어디일까.
불빛 오지 못한 대륙 한가운데
빛나던 별도 보이지 않는다.

겨울 고공 검은 천에

철갑 새 하얀 배로 배설한다.

자정이면 북녘 어디 희미해진 영혼 온다 믿었다.

발 없는 날개 몇 시간 닿을 경계면 여기 어디

차가운 하늘은

수많은 그리움 삼키고 원망도

바람 두려운 숲 구석에 형체 없이 뉘어

세마포 의관 단정한 초석草席 위 붉은 만찬 떠올린다.

남국 해 먹이면 족하랴.

잠든 뼈 어루만질 바위일까.

속히 떠난

아름다운 동생

대리석 깔고 자란 악어 뱃가죽처럼 곱디고운

너는

행복한 단두대에 선 거친 머리칼의 어린 왕비

밀려오는 후회보다 가벼운

손목 힘줄 퍼런 문신

흐려지는 목소리,

널 재운 건 너였단 걸

일만 일천 북극해에 어스름 불빛이 오른다.

누군가 이 도시와 조우한다.

—「야간 비행」 전문

이러한 우려는 「야간 비행」에서 다소 무게를 덜어 낸다. 날개를 가벼이 한 화자는 자신을 특별한 시간 속에 둔다. "창 저편 고오오 진동"하는 "산 자들 북적대는 침묵이 죽은 자의 세계를 관통"하는 즈음에서 "차가운 하늘"처럼 "붉은 만찬"을 "떠올린다". 아이러니처럼 보이지만 이것이 화자에게는 가장 고통스러운, "산 자들"이 시끄럽게 살아가면서도 "죽은 자"를 "침묵" 속에 묻어 버린 세계의 실재 형상이다. "자정이면 북녘 어디 희미해진 영혼 온다 믿었"던 그는 자신의 몰락을 동반한 일출을 기꺼이 수용한다. "수많은 그리움 삼키고" 난 뒤에야 화자는 비로소 "흐려지는 목소리"를 통해 "널 재운 건 너였단 걸" 말하고/듣는다. "아름다운 동생"에게 비극적 서사가 있음이 드러나고 나서야 화자의 '서정'이 줄곧 맴돌고 있던 '야간 비행'이 온전한 형상을 갖추기 위해 필요한 경로를 벗어난 것임을 '짐작'할 수 있게 된다. 이러한 측면은 "발 없는 날개"로 "야간 비행"에 나선 시적 상황과도 연결된다. 요컨대 시인에게 한없이 가벼운 날개가 필요했던 것은 온전히 어둠을 감당하려는 의지의 발현으로 해석될 수 있다. 그러나 모든 시작에는 끝이 있듯 비행 역시 마찬가지다. 시인의 '야간 비행'이 끝나는 곳에는 한낮의 따가운 세계가 마중을 나와 있을 것이고, '주체'가 되려는 화자라면 반드시 손을 흔들며 이 세계를 맞이해야만 한다.

그런 의미에서 시인에게는 '발'이 필요하다. 그에게 '발'은 반드시 비워 두어야 하는 단락의 처음이다. 상처로 가득한 발은 시인과 세계가 주고받은 서신의 삭제할 수 없는 일부이고, 그들이 여행의 동반자임을 증거한다. 타자에 관한 '말' 속으로 사라진 주체를 구조하기 위해서는 '서정' 뒤에 웅크리고 있는 시적 자아를 한낮의 태양 아래로 불러내야 하지 않을까. 추상의 세계는 시인이 거쳐야 할 순간의 빛이자 시인의 감각이 거둬들인 사물과 사건을 확인하는 데 필요한 일회용 전등과 같다. 하지만 아쉽게도 위 시의 화자는 '공중'에서만 머문 채 "어스름 불빛이 오"르는 "이 도시와 조우"할 뿐이다. 화자의 비행은 아직 끝나지 않은 것이다. 따라서 화자는 주체가 되기 위해 적합한 항로를 거쳐, 내딛기만 해도 발을 부술 것 같은 세계의 맨살 위로 착륙해야 한다. 더 아픈 '여행'은 화자의 서정이 이 세계에 내리는 "판결문"의 작성을 끝낼 때까지 이것은 반복되어야 한다.

생텍쥐페리의 『야간 비행』에서 소장 "리비에르"는 정기적인 야간 비행에 반대하는 관료들을 설득하는 데 성공한다. 그 이유에 대해 작가는 "그에 따르면, 더 단순하게, 그저 그가 올바른 방향으로 밀고 나갔기 때문이었다"고 적었다. 시인의 '시/시 쓰기' 역시 그렇게 나아가야 할 것이다. 강호남 시인은 그의 시 「안내자의 해갈」에서 "그렇다면 곧 재회하리. / 친절한 밤길 안내자를"이라고 서술한 바 있다. 바로 그 안내자의 더럽고 상처 난 '발'이 방향이고, 목적이 되어야 한다. 그리고 이것은 앞으로 시인의 모험이 남긴 역사이며 세계에 대한 하나의 '판결문'으로 기록될 것이다.

천년의시인선